2 Décembre 1896.

P

COLLECTION DE M. D....

Première Vente

TABLEAUX ANCIENS

ET

MODERNES

PARIS — 1896

CATALOGUE

DE

BONS TABLEAUX ANCIENS

ŒUVRES DE

Berghem, Boucher, Caresme, Coypel, David, Debucourt
Fragonard, Van Goyen, Hubert Robert, Jordaens, Le Prince, Mignard
Moreau, Nattier, Ostade, Pater, Porbus
J. Steen, Trinquesse, Van Loo, J. Vernet, Wynants, etc.

TABLEAUX MODERNES

PAR

De Beaumont, Bonington, Boudin, Brown, Charlet, Corot
Delacroix, Diaz, Français, Guillaumet
Jongkind, Lépine, Monticelli, Pille, Van Marcke, Ziem, etc.

Provenant de la Collection de M. D...

ET DONT LA VENTE AURA LIEU

HOTEL DROUOT, SALLE N° 6

Le Mercredi 2 Décembre 1896

A DEUX HEURES ET DEMIE

COMMISSAIRE-PRISEUR	EXPERTS
Me PAUL CHEVALLIER	**MM. FÉRAL Père & Fils**
10, rue Grange-Batelière, 10	54, Faubourg-Montmartre, 54

Chez lesquels se trouve le présent Catalogue

EXPOSITION PUBLIQUE

Le Mardi 1er Décembre 1896, de 1 heure 1/2 à 5 heures 1/2

CONDITIONS DE LA VENTE

Elle sera faite au comptant.

Les acquéreurs payeront *cinq pour cent* en sus des adjudications.

Paris. — Imp. de l'Art, E. Moreau et Cⁱᵉ, 41, rue de la Victoire.

DÉSIGNATION

TABLEAUX ANCIENS

BERGHEM
(N.)

1 — *L'Abreuvoir.*

Un vieux pâtre a conduit au bord d'un cours d'eau des vaches et des chèvres.

Au second plan, les restes d'une construction en ruine.

Bois. Haut., 31 cent.; larg., 28 cent.

(Provient de la Collection Detzy.)

BOILLY

2 — *Le petit déjeuner.*

Une jeune femme, dans un joli costume Louis XVI, est assise auprès d'une table où elle partage son déjeuner avec un enfant.

Toile. Haut., 41 cent.; larg., 31 cent.

BOUCHER
(F.)

3 — *Nymphes au bain*.

Six jeunes femmes sont groupées au bord de l'eau; l'une d'elle est assise entourée de draperies blanches et roses. Au premier plan, une autre, vue de dos, est appuyée sur une écharpe bleue ayant auprès d'elle un carquois et des flèches.

Charmant tableau de la première manière du maître.

Gravé par Ouvrier.

Cadre en bois sculpté.

Haut., 45 cent.; larg., 35 cent.

BOUCHER
(F.)

4 — *Les Lavandières*.

L'une est debout tenant un panier et une cruche; l'autre, courbée au bord de la rivière, retire son linge de l'eau.

Toile. Haut., 49 cent.; larg., 42 cent.

CARESME

5 — *Le Printemps*.

Une joyeuse compagnie est réunie dans un paysage au bord d'un cours d'eau. Des jeunes gens coupent des roses et les offrent à des jeunes filles.

Gracieuse composition.

Signé et daté 1769.

Cadre en bois sculpté.

Toile. Haut., 46 cent.; larg., 45 cent.

CARESME

(PENDANT DU PRÉCÉDENT)

6 — *L'Été.*

Des jeunes filles et des jeunes gens se livrent au plaisir de la pêche. L'un d'eux tient un poisson que ses compagnes lui disputent. A gauche, deux personnages debout dont une femme vêtue d'une robe bleue, donnant la main à un enfant.

Cadre en bois sculpté.

Toile. Haut., 46 cent.; larg., 56 cent.

COYPEL

(CHARLES)

7 — *Portrait d'une jeune femme.*

Vue jusqu'à la ceinture, en robe jaune, les cheveux relevés, poudrés et ornés de fleurs.

Toile ovale. Haut., 55 cent.; larg., 45 cent.

CRÉPIN

(DEUX PENDANTS)

8 — *Paysages avec cours d'eau, roches et personnages.*

Bois. Haut., 19 cent.; larg., 27 cent.

DANLOUX

9 — *Portrait d'enfant.*

Vue jusqu'à la ceinture, robe blanche avec collerette, cheveux châtains. Elle est coiffée d'un bonnet blanc serré par un ruban rose.

Toile. Haut., 41 cent.; larg. 32 cent.

DAVID

(LOUIS)

10 — *Portrait de jeune dame.*

Vue en buste, vêtue d'une robe blanche, cheveux relevés avec boucles.

Belle esquisse d'une remarquable facilité d'exécution.

Toile. Haut., 61 cent.; larg., 50 cent.

DEBUCOURT

11 — *Les Baigneuses.*

Elles prennent leurs ébats dans une rivière coulant entre des rochers et formant des cascades.

L'une d'elles, debout vers la gauche, remet ses vêtements. Au second plan, des massifs de verdure; à droite, un paysage fuyant, une colline à l'horizon.

Fine et spirituelle peinture de l'artiste.

Toile. Haut., 46 cent.; larg., 66 cent.

DESHAYS

12 — *Jeune femme surprise tenant une corbeille de fleurs.*

Elle est assise sur un lit, légèrement vêtue. Un jeune homme et une fillette se penchent vers elle pour saisir des fleurs qu'elle tient dans une corbeille.

Gracieuse peinture d'une exécution facile, rappelant la première manière de Boucher.

Toile. Haut., 70 cent.; larg., 62 cent.

FRAGONARD

(H.)

13 — *Paysage.*

Avec figures et animaux. Au centre, un arbre brisé; auprès d'un monticule, une paysanne conduisant des moutons, cause avec un villageois assis au bord d'un chemin. Au second plan, une ferme.

Effet d'orage.

Toile. Haut., 32 cent.; larg., 41 cent.

(Cité dans l'ouvrage du baron Portalis.)

FRAGONARD
(H.)

14 — *L'Abreuvoir.*

Deux jeunes bergers ont amené des bœufs auprès d'un cours d'eau.

Vigoureuse esquisse d'un éclat de coloris des plus remarquables.

Toile. Haut., 49 cent.; larg., 39 cent.

(Cité dans l'ouvrage du baron Portalis.)

FRAGONARD
(H.)

15 — *Psyché et l'Amour.*

L'amour s'envole, Psyché épleurée est soutenue par ses sœurs.

Toile. Haut., 39 cent.; larg., 45 cent.

(Belle esquisse provenant de la collection Walferdin. Citée dans l'ouvrage du baron Portalis.)

FRAGONARD
(H.)

16 — *Conversation galante.*

Une jeune baigneuse, assise au bord d'un bassin, écoute les propos galants d'un jeune homme empressé auprès d'elle.

Cadre en bois sculpté.

Toile. Haut., 30 cent.; larg., 23 cent.

(Belle esquisse provenant de la collection Walferdin.)

FRAGONARD
(H.)

17 — *Le Baiser.*

Très belle esquisse largement exécutée.

Toile ovale. Haut., 54 cent.; larg., 65 cent.

(Reproduite dans l'ouvrage du baron R. Portalis.)

GÉRARD
(LE BARON)

18 — *Portrait de Mlle Mars.*

Vue à mi-corps, elle porte une robe blanche légèrement décolletée et un manteau bleu doublé de fourrure.

Esquisse.

Toile. Haut., 40 cent.; larg., 32 cent.

GOYEN
(JAN VAN)

19 — *Les Chaumières.*

Elles sont placées sur la gauche; au premier plan, deux paysans se reposent sur un talus.

Très bon tableau du maître, d'une parfaite conservation.

Signé du monogramme.

Bois. Haut., 30 cent.; larg., 45 cent.

HOLBEIN

(ÉCOLE DE)

20 — *Portrait d'homme.*

Vu à mi-corps, vêtu de noir et tenant des gants à la main.

Bois. Haut., 28 cent.; larg., 21 cent.

HUET

(J. B.)

21 — *Pastorale.*

Une jeune bergère est assise auprès d'une brebis. Auprès d'elle un petit garçon et un chien.

Bois. Haut., 24 cent.; larg., 32 cent.

JULIARD

22 — *Paysage.*

Au premier plan, une femme donne la main à un enfant; plus loin, l'entrée d'un village et une femme prenant de l'eau à un puits; vers le fond et à droite, un pont en ruine.

Signé Boucher, à gauche.

Toile. Haut., 31 cent.; larg., 52 cent.

JORDAENS
(JACQUES)

23 — *Portrait présumé de Catherine Van Noort, femme de l'artiste.*

Elle est assise dans un fauteuil, vue à mi-corps, tenant un éventail en plumes, vêtue d'une robe lie de vin, galonnée d'or sur les manches et la poitrine, la tête de trois quarts, cheveux blonds bouclés avec rubans et perles. Elle est légèrement décolletée, un fichu blanc lui entoure les épaules. Fond avec draperies et fenêtre sur la gauche.

Superbe peinture d'un coloris chaud et lumineux. Cadre en bois sculpté.

Toile. Haut., 92 cent.; larg., 72 cent.

LANCRET
(NICOLAS)

24 — *Les Plaisirs de l'été.*

Deux jeunes gens sont assis au pied d'un grand arbre entouré de verdure. La jeune fille, en corsage bleu décolleté, jupe de soie jaune et tablier bordé de guipure, regarde un médaillon, tandis que le jeune homme, assis auprès d'elle, essaye des fleurs dans sa coiffure.

Gracieux et spirituel tableau du maître, d'une parfaite conservation.

Toile. Haut., 48 cent.; larg., 65 cent.

LEPRINCE

(J. B.)

25 — *La Jeune musicienne.*

Elle est debout, vêtue d'un élégant costume russe
et pinçant de la mandoline. Auprès d'elle, une table
couverte d'un tapis bleu sur laquelle sont posées des
partitions. A droite, un fauteuil en bois doré recou-
vert en velours rouge.

Bois. Haut., 46 cent.; larg., 34 cent.

LE TELLIER

26 — *L'Écolier.*

Il est accoudé sur une table ayant devant lui des
livres et des papiers.
Signé.

Bois. Haut., 18 cent.; larg., 21 cent.

MIGNARD

(Attribué à PIERRE)

27 — *Portrait de jeune femme.*

Vue jusqu'à la ceinture, légèrement décolletée,
vêtue d'une robe bleue à ornements et écharpe
rouge; cheveux châtains avec boucles tombant sur
les épaules. Des fleurs ornent sa coiffure.
Cadre en bois sculpté.

Toile. Haut., 68 cent.; larg., 55 cent.

MONSIAU

28 — *Nymphes surprises dans un paysage.*

Gracieux tableau, peint sur bois.
Signé.

Haut., 36 cent.; larg., 27 cent.

MORO

(ANTOINE)

29 — *Portrait d'homme en buste.*

Vêtement noir avec une petite collerette plissée, la tête de trois quarts, tournée vers la gauche.

Bois. Haut., 32 cent.: larg., 26 cent.

NATTIER

(Attribué à J. M.)

30 — *Portrait de jeune femme sous les attributs de Flore.*

Assise, vue jusqu'aux genoux, vêtue d'une robe blanche avec ceinture rayée de jaune et écharpe bleue. La tête de face, les cheveux relevés poudrés et ornés de fleurs.

Gracieux portrait digne de Nattier.
Cadre en bois sculpté.

Toile. Haut., 91 cent.; larg., 74 cent.

NETSCHER

(C.)

31 — *Portrait de femme.*

Vue jusqu'aux genoux, elle porte une robe blanche décolletée et retient de la main droite une draperie verte.

Fin petit portrait sur cuivre.

Haut., 23 cent.; larg., 18 cent.

OSTADE

(ADRIAN VAN)

32 — *Villageois au repos près d'une chaumière.*

Signé.

Cadre en bois sculpté.

Bois. Haut., 28 cent.; larg., 25 cent.

OUDRY

(J. B.)

33 — *Une fontaine entourée de plantes grim- pantes.*

Au premier plan, un bassin, où des canards prennent leurs ébats au milieu de joncs.

Cadre en bois sculpté.

Toile. Haut., 92 cent.; larg., 73 cent.

PATER

(J. B.)

34 — *Danse champêtre.*

Une joyeuse compagnie est réunie dans un paysage auprès d'une cascade.

Au centre, un jeune homme, vu de dos, danse en donnant la main à une jeune femme élégamment vêtue. Deux couples, auprès d'eux, causent galamment. Un musicien, assis sur un tertre, joue de la cornemuse.

Fine et charmante composition.

Cadre en bois sculpté.

Toile. Haut., 55 cent.; larg., 65 cent.

PILLEMENT

(DEUX PENDANTS)

35 — *Paysages accidentés avec roches et cours d'eau; effet du matin; effet du soir.*

Signés.

Cuivre. Haut., 30 cent.; larg., 42 cent.

PORBUS

(FRANÇOIS)

36 — *Portrait présumé de l'Amiral de Coligny.*

Vu en buste; vêtement noir avec large collerette.

Cadre en bois sculpté.

Toile ovale. Haut., 49 cent.; larg., 39 cent.

ROBERT

(HUBERT)

37 — *Cours d'eau entre des rochers.*
Voûte éclairée par le soleil couchant.

Deux pendants de forme ronde.
Cadres en bois sculpté.

Diam., 16 cent.

RUBENS

(Attribué à)

38 — *La pêche miraculeuse.*

Belle composition d'un coloris chaud et brillant, qui pourrait être une réplique du tableau qui se trouve à Malines.
Cadre en bois sculpté.

Toile. Haut., 1 m. 10 cent.; larg., 84 cent.

RUBENS

(Attribué à)

39 — *Sujet mythologique.*

Au centre, Cérès entouré de nymphes et de faunes.
Vigoureuse esquisse.

Toile. Haut., 30 cent.: larg., 37 cent.

SARRAZIN

(DEUX PENDANTS)

40 — *Paysages avec cours d'eau, cascades et personnages.*

Toiles ovales. Haut., 25 cent.; larg., 20 cent.

STEEN

(JAN)

41 — *Intérieur de cabaret.*

Au premier plan, une femme écoute les propos galants d'un homme assis près d'elle; à côté, une servante boit dans un long verre; plus loin, autour d'une table, plusieurs joueurs font une partie de tric-trac.

Signé à droite du monogramme.

Cadre en bois sculpté.

Bois. Haut., 43 cent.; larg., 55 cent.

STEEN

(JAN)

42 — *Scène de cabaret.*

Trois buveurs sont attablés près d'une fenêtre entourée de feuillage. L'un d'eux a saisi la servante, cherchant à lui prendre une cruche qu'elle tient dans ses mains.

Très bon tableau de l'artiste, signé en toutes lettres.

Bois. Haut., 37 cent.; larg., 34 cent.

TÉNIERS

(Attribué à D.)

43 — *Cour d'auberge.*

Au premier plan, des villageois, assis autour d'une table, causent et boivent ; plus loin, d'autres jouent aux quilles.

Cadre en bois sculpté.

Toile. Haut., 43 cent.; larg., **64 cent.**

TRINQUESSE

44 — *Le Serment d'amour.*

Signé.

Cadre en bois sculpté.

Toile de forme ovale. Haut., 63 cent.; larg., **51 cent.**

UDEN

(LUCAS VAN)

45 — *Paysage boisé avec rochers et cours d'eau.*

Cadre en bois sculpté.

Bois. Haut., 20 cent.; larg., **24 cent.**

VAN DAEL

46 — *Fleurs dans un vase posé sur une colonne de marbre.*

Esquisse.

Toile. Haut., 25 cent.; larg., **18 cent.**

VAN LOO

(CARLE)

47 — *Intérieur de sérail.*

Esquisse.

Toile. Haut., 40 cent.; larg., **31 cent.**

VERNET

(JOSEPH)

48 — *La Tempête.*

La mer est en courroux, un navire s'est **brisé** contre les rochers qui occupent le premier **plan ; des** pêcheurs secourent les naufragés.

Signé et daté 1787.

Cadre en bois sculpté.

Toile. Haut., 77 cent.; larg., **1 m. 4 cent.**

WILLE

49 — *La Baigneuse.*

Elle est assise au pied d'un arbre et **légèrement** vêtue, ses cheveux blonds et relevés par **un ruban.**

Fin et joli tableau.

Bois. Haut., 41 cent.; larg., **30 cent.**

WYNANTS

50 — *Paysage accidenté.*

A gauche, un monticule avec chemin sinueux conduisant à une maison de villageois. Sur la droite et au premier plan, un cours d'eau ; plus loin, un léger pont de bois. A l'horizon, des collines verdoyantes.

Signé à gauche et daté 1645.

Cadre en bois sculpté.

Bois. Haut., 40 cent.; larg., 50 cent.

ÉCOLE FRANÇAISE

51 — *Jeune femme tenant un enfant.*

Elle est assise, vêtue d'un élégant costume Louis XVI, tenant un enfant dans ses bras. A sa droite, une table couverte d'un tapis rouge sur lequel est posé un buste.

Toile. Haut., 56 cent.; larg., 46 cent.

ÉCOLE FRANÇAISE

52 — *Jeune femme en buste.*

Cheveux blonds relevés et serrés par un ruban bleu.

Toile ovale. Haut., 42 cent.; larg., 35 cent.

ÉCOLE FRANÇAISE

53 — *Nymphe donnant à boire à un voyageur.*

Cadre en bois sculpté.

Bois. Haut., 28 cent.; larg., 25 cent.

ÉCOLE FRANÇAISE

54 — *Portrait présumé de Michel Montaigne.*

En buste, cheveux ras, vêtement noir.
Cadre en bois sculpté.

Toile. Haut., 37 cent.; larg., 34 cent.

TABLEAUX MODERNES

BEAUMONT
(E. DE)

55 — *Paysanne assise et faisant un bouquet de fleurs.*

Signé à gauche.

Toile. Haut., 24 cent.; larg., 18 cent.

BONINGTON
(Attribué à R. P.)

56 — *Vue du palais ducal, à Venise.*

Signé et daté 1841.

Bois. Haut., 20 cent.; larg., 26 cent.

BOUDIN

57 — *Vue de Juan-les-Pins. (Marine).*

Signée à gauche et datée 93.

Toile. Haut., 46 cent.; larg., 56 cent.

BROWN
(JOHN LEWIS)

58 — *Le Cavalier.*

Signé à gauche et daté 1877-79.

Bois. Haut., 26 cent.; larg., 21 cent.

CHARLET

59 — *Napoléon Ier.*

Il est à cheval, éclairé par les rayons du soleil couchant. Il regarde l'horizon.

Très bon tableau de l'artiste.

Signé à droite.

Toile. Haut., 25 cent.; larg., 34 cent

COROT

60 — *Mélancolie.*

Une femme assise, vêtue d'une robe brune avec jupon rouge, est accroupie, la tête appuyée sur son bras droit.

Toile. Haut., 46 cent.; larg., 38 cent.

COROT

61 — *Les Étangs de Ville-d'Avray; effet du matin.*

Au premier plan, une femme cueille des fleurs.

Signé à droite.

Toile. Haut., 27 cent.; larg., 41 cent.

COROT

62 — *Paysage avec église.*

Étude.

Toile. Haut., 21 cent.; larg., 27 cent.

DAMOYE

63 — *Intérieur de ferme.*

Signé à droite.

DELACROIX
(EUG.)

64 — *Esquisse.*

Pour le plafond qui se trouve dans la galerie d'Apollon au Musée du Louvre.

Toile. Haut., 40 cent.; larg., 36 cent.

(Provenant de la vente après décès de l'artiste.)

DELACROIX
(EUG.)

65 — *Descente de croix.*

Importante composition.

Haut., 31 cent.; larg., 45 cent.

(Esquisse provenant de la vente après décès de l'artiste.)

DIAZ
(N.)

66 — *Chemin sous bois.*

Au centre, une paysanne portant un bonnet blanc, un châle rouge sur ses épaules.
Signé à gauche.

Bois. Haut., 30 cent.; larg., 24 cent.

DIAZ

67 — *Vue des Pyrénées.*

Vigoureuse esquisse signée du monogramme.

Bois. Haut., 19 cent.; larg. 24 cent.

FRANÇAIS

68 — *Les Bords de la Seine.*

A droite, des laveuses étendent leur linge sous des arbres éclairés par un vif rayon de soleil. Au centre, des bateaux sont amarrés au bord du fleuve.
Signé à gauche et daté 1893.

Toile. Haut., 46 cent.; larg., 56 cent.

GUILLAUMET

69 — *Sujet algérien.*

Esquisse signée à droite.

Toile. Haut., 38 cent.; larg., 46 cent.

HEILBUTH

70 — *Vue d'un parc.*

Esquisse.

Bois. Haut., 33 cent.; larg., 24 cent.

(Provient de la vente de l'atelier de l'artiste.)

JONGKIND

71 — *La Meuse, à Rotterdam.*

Signé à gauche et daté.

Bois. Haut., 24 cent.; larg., 35 cent.

LÉPINE

72 — *Vue de Caen.*

Signé à gauche.

Toile. Haut., 33 cent.; larg., 56 cent.

MONTICELLI

73 — *Sujet allégorique.*

Au centre, une déesse assise sur son char traîné par deux lions, ayant auprès d'elle des nymphes et des amours.

Fine petite peinture de l'artiste.

Bois. Haut., 18 cent.; larg., 24 cent.

MONTICELLI

74 — *Sujet mythologique.*

Des nymphes, des tritons et des naïades se reposent au bord d'un cours d'eau qui forme une cascade.

Fine peinture de l'artiste.

Bois. Haut., 27 cent.; larg., 41 cent.

PILLE

(HENRI)

75 — *Le plan de campagne.*

Assis auprès d'une table, un homme de guerre étudie une carte géographique.

Signé à gauche.

Toile. Haut., 46 cent.; larg., 37 cent.

VAN MARCKE

(E.)

76 — *La Corderie, au Tréport.*

Signé à droite.

Toile. Haut., 27 cent.; larg., 42 cent.

ZIEM

77. — *Environs de Venise.*

Signé à gauche.

Bois. Haut., 26 cent.; larg., 42 cent.

RED. :

20

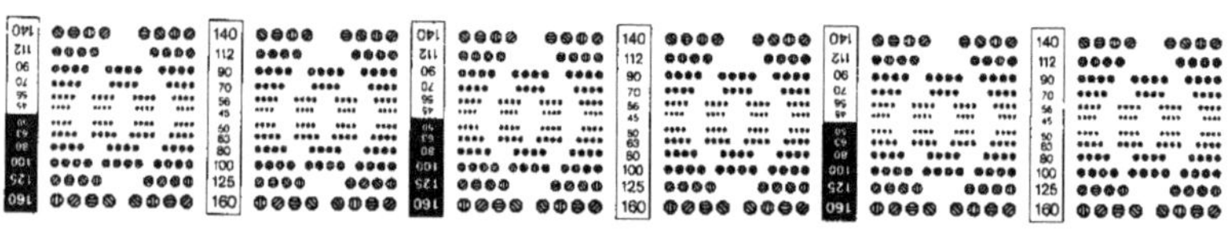
379.89.70
graphicom
0 1 2 3 4 5 6 7 8 9 10
MIRE ISO N° 1
NF Z 43-007
AFNOR
Cedex 7 - 92080 PARIS-LA-DÉFENSE

BIBLIOTHEQUE NATIONALE DE FRANCE

****

CHATEAU DE SABLE

1996